# LES
# MILLE ET UNE CHANSONS

DE

## JEANNE ET DE MARIE AYRAL.

Vertus! Amour! Independance et Gloire!

TOME PREMIER.

Première livraison.

## PARIS,

**MAISON**, Successeur de M. **AUDIN**,

LIBRAIRE, QUAI DES AUGUSTINS, 29.

M. DCCCXL.

# LES
# MILLE ET UNE CHANSONS

DE

## JEANNE ET DE MARIE AYRAL.

Vertus! Amour! Indépendance et Gloire!

## TOME PREMIER.

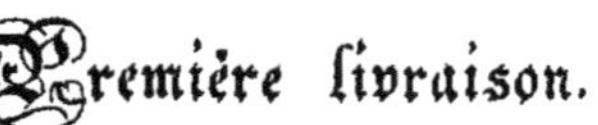

**PARIS,**

**MAISON**, Successeur de **M. AUDIN**,

LIBRAIRE, QUAI DES AUGUSTINS, 29.

—

M. DCCCXL.

# DÉDICACE.

## *A JEANNE AYRAL, VEUVE DUVAL,*

### MA SOEUR JUMELLE.

Paris, 14 février 1840.

Tous deux, Jenny, nous montons sur Pégase :
En cheminant vers le sacré vallon
Chacun de nous y recherche Apollon
A sa manière, et sans la moindre emphase,
Sous l'uniforme, ou sous le cotillon,
    Sans préambule, orgueil ni phrase,
Offre à ce dieu son faible échantillon.
Tes chants, voilés par une chaste gaze,
Mais toujours gais, n'ont rien de fanfaron ;
Les miens sont ceux d'un guerrier, franc luron,
Né pour aimer, partageant son extase
Entre ton sexe et cette liberté,
Qu'avec courage, ardeur, hilarité,
Nos bras sauront affermir sur sa base.
Les rois s'en vont! viennent l'égalité,
L'humanité, la gloire et l'équité.
Tout cœur français pour leur retour s'embrase,
Comme garants d'une félicité
Qui durera toute l'éternité.

M. A...L.

※

## RÉPONSE.

AIR : Ce mouchoir, belle Raymonde.

J'accepte la dédicace
D'un frère unique et chéri ;

D'un ami qui seul remplace
Mes enfants et mon mari.
Si le public est de glace
Pour nos couplets innocents,
Ah ! du moins, qu'il fasse grâce
A nos loyaux sentiments !

JEANNE DUVAL, née AYRAL.

Winthertur, près Zurich, 29 février 1840.

## I.

### PARIS (LE PROVINCIAL A).

AIR : C'est le Roi! le Roi! le Roi!

C'est Paris, Paris, Paris,
Qui nous ruine, et qu'il faut détruire;
C'est Paris, Paris, Paris,
Merveille aux flancs pourris !

C'est un chaos, où tout conspire
Pour attirer l'or du pays.
Son faste orgueilleux peut séduire,
Mais il est digne de mépris.
Pour l'entretenir, pauvre France,
Tes marchands et tes laboureurs,
Se réduisent à l'indigence,
Fondent le prix de leurs sueurs.

C'est Paris, Paris, Paris, etc.

M. A...L.

NOTE DE L'AUTEUR. J'ai dû exprimer la vérité sortant de la bouche d'un provincial de très mauvaise humeur; mais je ne pense pas comme lui, loin de détruire Paris, il faut l'embellir et corriger ses mœurs. M. A...L.

## II.

### L'EXISTENCE.



Puisque l'existence
N'est qu'un impromptu ,
Que la jouissance
Soit notre vertu !

Qu'un doux penchant vienne,
J'y cède ; il m'entraîne :
Il se change en peine,
S'il est combattu.

Puisque l'existence, etc.

D'un avenir sombre,
Se cachant dans l'ombre,
Sot, craint seul l'encombre !
C'est un vain fétu.

Puisque l'existence, etc.

A nous donc folie,
Grisette jolie,
Nymphes de Thalie,
L'hydre est abattu.

Puisque l'existence, etc.

M. A...L.

## III.

### LE CHANT DU TROUBADOUR MALADE.



Il faut partir pour la gloire,
Je sens mon corps défaillir ;

A son terme est mon histoire
Et mon âme en va jaillir. (*bis.*)
Qui chanta toute sa vie,
Chantera tant qu'il vivra !
Aidez-moi, je vous en prie,
A chanter mon libera.

Tin, tin, tin, tin, tin, tin,
Qu'on sonne mon agonie !
Tin, tin, tin, tin, tin, tin,
La Parque attend son butin.

Mes longs jours, semés de roses
Et d'épines, quelquefois,
Ont vu cent métamorphoses
Dans nos mœurs et dans nos lois. (*bis.*)
J'ai vaincu, pour ma patrie,
Cinquante ans ses ennemis ;
Elle, Dieu, l'honneur, ma mie,
Furent mes plus chers amis.

Tin, tin, tin, tin, tin, tin, etc.

Ma carrière fut active,
J'étais bon, franc et discret,
Gai, sans peur, quoi qu'il m'arrive ;...
Je puis mourir sans regret. (*bis.*)
Qu'une société choisie
Vienne à mon enterrement !
J'aime fort la compagnie,
Et promets d'être présent.

Tin, tin, tin, tin, tin, tin, etc.
Qu'on sonne mon agonie !
Tin tin tin, tin tin tin,
Parque, enlève ton butin !

M. A...L.

# IV.

## LA FEMME.

Air : De la Fanfare Pyrénéenne.

O femme ! ô femme !
Dieu te créa pour plaire, aimer !
Infâme ! infâme !
Qui te veut opprimer !

Pour toi s'alluma le flambeau
Que ravit Prométhée !
L'univers n'a rien de plus beau,
Même aux yeux de l'athée.

O femme ! ô femme ! etc.

Ce monde, que nous admirons,
Fut formé par Cybèle,
Et les dieux que nous adorons,
Ils naquirent tous d'elle.

O femme ! ô femme ! etc.

Qu'eût fait Jupiter sans Junon,
Et l'Amour sans sa mère ?
Sans la femme point de renom ;
L'existence est chimère.

O femme ! ô femme ! etc.

Phœbus n'éclaire l'Hélicon
Qu'assisté des neuf Muses.

D'une beauté, sur son balcon.
   J'admire jusqu'aux ruses.

     O femme ! ô femme ! etc.

Dans le ménage, à l'opéra,
   Fut-il fier et superbe,
Le beau sexe triomphera
   Du vieillard, de l'imberbe !

     O femme ! ô femme ! etc.

Nous avons vu Napoléon
   Consulter Joséphine ;
La Discorde et son abandon
   Causèrent sa ruine.

     O femme ! ô femme ! etc.

Nos anciens preux, dans les combats,
   N'invoquaient que leurs belles ;
Elles devenaient, sans débats,
   Le prix de leurs querelles.

     O femme ! ô femme ! etc.

Souvent les rois sont des tyrans,
   Jamais les souveraines.
Peut-être, en de certains moments,
   Sont-elles trop humaines.

     O femme ! ô femme ! etc.

Dans les palais, chez le berger,
   Sous l'or ou sous le chaume.

Fallut–il braver un danger,
La femme enivre l'homme.

O femme ! ô femme ! etc.

Malheur au stupide mortel
Qui d'elle se sépare :
Que son malheur soit éternel,
Sur la terre, au Ténare.

O femme ! ô femme ! etc.

Ardeur, gloire, amour pur, constant,
Félicité durable,
A l'être ami, joyeux, galant,
De ce sexe admirable.

O femme ! ô femme ! etc.

M. A...L.

# V.

## CONSEIL AUX FILLETTES.

Air : De l'Allemande.

Jeunes fillettes,
Aux amourettes,
A leurs plaisirs,
Soyez toujours prêtes !
Que vos goguettes
Soient parfaites

Pour nos désirs
Complètes.

Qui veut braver la nature,
Lui fait injure.
En amoureuse aventure,
Gloire au parjure.
On prend, on aime,
Ivresse extrême,
On se quitte de même.
Oui, plus on change,
Mieux on s'arrange,
C'est le bonheur d'un ange.

Jeunes fillettes, etc.

M. A...L.

# VI.

## MON CARACTÈRE.

Air : Une fille est un oiseau.

Comme le plaisir, léger,
Joyeux, comme la Folie,
Je hais la mélancolie,
Guerre à qui veut m'affliger !
Avec Momus, point d'alarmes,
Cypris, montre-moi tes charmes !
Pallas, fuis avec tes armes !
L'État n'est plus en danger.
Que m'importent, politiques,

Vos rois et vos républiques !
Tout souci m'est étranger ;
L'amour seul peut m'engager.
}*bis.*


On se croit en liberté,
Courbé sous de lourdes chaînes,
Lorsque inaccessible aux haines
On conserve sa gaîté.
On est franc, naïf, sans ruses,
On plaisante avec les buses,
On converse avec les Muses,
On brave l'adversité.
C'est ainsi, malgré l'envie,
Que ma douce et longue vie,
Résumé d'hilarité,
Marche vers l'éternité.
*bis.*

M. A...L, âgé de 71 ans.

# VII.

## NAPOLITAINS ET FRANÇAIS.

Air : Tous les hommes sont bons.

Les Napolitains
Fins,
La plupart, fripons,
Sont
Pour tromper, exprès
Faits.
Leur esprit bistortu,
Aime bien la vertu
Dans les autres.

Mais sans jamais donner rien,
Ils voudraient joindre à leur bien
Tous les nôtres.

Air : Vive le vin ! vive l'amour !

Vivent les aimables Français ;
Dans leurs revers, dans leurs succès,
Ils font honneur à la patrie.
Si dans les camps on les rallie,
A combattre ils sont toujours prêts.
N'en veut-on plus, ils s'en vont, satisfaits,
Dans les bras de leur tendre amie.

J. A...L.

# VIII.

## ATTENDEZ DONC.

Air : De la Fanfare Pyrénéenne.

O France ! ô France !
Calme un peu ton bouillant courroux !
Et pense , et pense
Que les pressés sont fous...

Il est au ciel un Dieu puissant
Dont la haute sagesse
Dispose de l'homme en naissant
Jusques à sa vieillesse.

O France ! etc.

Peuples, ménagez vos guerriers,
  Ce sont vos braves frères !
Soldats, il n'est de beaux lauriers
  Qu'aux terres étrangères.

    O France ! etc.

Vous l'aurez cette égalité
  Dont la crise vous prive,
Mais, avec gloire et dignité;
  Souffrez donc qu'elle arrive !

    O France ! etc.

Croyez-moi, l'heure sonnera,
  Bientôt, quoi qu'il advienne,
La liberté triomphera,
  Régnera souveraine.

    O France ! etc.

M. A...L.

# IX.

## FERDINAND A SA MÈRE.

Air : On compterait les diamants.

Tendre mère, agrée en ce jour,
Dans ta bonté que rien n'égale,
Ma gratitude, mon amour
Et ma piété filiale ;

D'un monarque juste et chéri
Les Français célèbrent la fête :
A leurs cris de vive Henri
Mon cœur répond : vive Henriette ! (*bis.*)

Te devant tout ce que je suis,
Depuis l'instant de ma naissance,
Je t'offre tout ce que je puis,
Dispose de mon existence ;
Que le ciel prolonge tes ans,
Ceux de mon bon père, et permette
Que je chante encor dans cent ans
Vive Jacques ! vive Henriette ! (*bis.*)

M. Al... pour F. B<sup>re</sup>.

## X.

### L'ÉGOISME.

Air : Une petite fillette.

N'échauffons plus notre bile
Contre un malheur trop certain !
L'égoïsme est le mobile
De ce pauvre genre humain ;
    Petits et grands,
    Bons et méchants,
    Amis, parents,
  Aux champs, à la ville,
S'ils n'y trouvent leur intérêt
Vous tourneront le dos tout net.

  Cherchez par-ci, cherchez par-là
  Sous la bure ou le falbala,
  Vous ne trouverez que cela. (*bis*)

La princesse et la bergère,
Les courtisans et le roi,
Les amants, sur la fougère,
N'ont que l'intérêt pour loi ;
Marquis, paysans,
Rentiers, marchands,
Soldats, traitants,
Dévote ou mégère,
S'ils y trouvent leur intérêt
Vous tourneront le dos tout net

Cherchez par—ci, etc.,

Pourquoi citer tant d'exemples
D'un fait trop bien constaté ;
L'égoïsme a mille temples ;
Pas un seul la charité.
Ami, vois-tu ?
Pour la vertu
C'est un fétu
Qu'envain tu contemples,
Fétu que dans son intérêt
Chacun sait planter là tout net.

Cherchez par-ci, etc.

M. A... L.

# XI.

Air : Cœurs sensibles, cœurs fidèles.

Oui, tu dois m'aimer sans crainte,
Dieu le veut ; c'est ton devoir ;
Je n'aimai que toi sans feinte,

Je n'ai que toi pour espoir.
Nous le pourrons sans contrainte ,
Car le ciel  est notre appui ,
Nous nous dirons bientôt oui.  (*bis.*)

Jeanne AYRAL.

# XII.

## L'AMANT DÉSAPPOINTÉ.

AIR : Lorsque vous verrez un amant.

On parle toujours de bonheur,
Chacun court après ce fantôme ;
Mais un monde aussi corrupteur
Peut-il l'offrir (*bis*) au cœur de l'homme?
Qu'au dieu d'Amour  on soit soumis,
D'Amitié qu'on goûte l'ivresse,
On est trompé par ses amis,
On est trahi par sa maîtresse. (*bis.*)

A quinze ans j'effleurai l'Amour,
Et je cueillais toutes les roses ;
A vingt ans, blasé, sans amour,
Je recherchais (*bis*) les moins écloses.
Bientôt mari, sans brin d'amour,
Je n'enchaînai mon existence
Que pour brûler du feu d'amour,
Lorsqu'Hymen m'ôtait l'espérance. (*bis.*)

A trente ans, et malgré les nœuds
Qui nous enlacent à deux autres,
Annette et moi, grâce à nos feux,

Fûmes époux (*bis*) du gré des nôtres (1).
La Parque nous a séparés
Après cinq lustres de constance,
J'attends que ses ciseaux sacrés
Tranchent aussi mon existence. (*bis.*)

M. A...L. (1824.)

# XIII.

## LE FRÈRE ET LA SOEUR.

Air : O ma tendre musette.

Vaincre les circonstances,
Me moquer des hasards,
Céder aux bienséances
Avec Vénus et Mars.
Etonner la Folie,
Prévenir les désirs,
Sont les dons que j'allie
Par les soins du plaisir.

M. A...L.

Tu t'es peint à merveille,
Je le vois d'un coup d'œil ;
Mais si j'étais pareille,
Pour moi quel triste écueil !
Je te le dis sans faste,
Pour faire mon portrait,
Qu'on prenne ton contraste,
Me voilà trait pour trait.

J. A...L.

(1) Historique. En 1799.

IMPRIMERIE DE COSSE ET G.-LAGUIONIE,
rue Christine, 2.

# XIV.

## ARGENT.

Air : Vive le vin! Vive ce jus divin.

Vive l'argent !
Vive ce talisman !
Dont l'effet tout-puissant
Bouleverse le monde !
Probe ou coquin,
L'homme, avec l'or en main,
Semble un être divin
Qu'on encense soudain.

Le riche fonde
En l'or son espoir ;
Tel qui le fronde
Brûle d'en avoir.
La fortune
Opportune
Trop souvent au brigand sans frein,
Sans justice,
Par caprice,
Rarement sert l'homme de bien.

Vive l'argent ! etc.

J. A.

# XV.

## AIR.

Air : On dit depuis peu que le vent.
Tu le veux, Zoé, chantons l'*air*,
Sur l'*air* que ta belle voix chante ;

Et commençons par le noble *air*
Qui te distingue et qui m'enchante.
Abreuvé d'un autre *air* divin
Que ta bouche souffle à la mienne,
Son effet sera plus certain
Que celui des eaux d'Hippocrène!
} *bis.*

De la ligne aux pôles divers,
Au gré des vents qui les marient,
Tempérés, froids ou chauds, les *airs*
Sont errants, calmes ou varient:
Ainsi, loin de toi, chaque jour
J'éprouve un froid insupportable;
Mais, au moment de ton retour
Je respire un *air* inflammable.
} *bis.*

As-tu l'*air* froid et dédaigneux;
Je suis triste et mélancolique.
Ton *air* devient-il plus joyeux;
Je suis d'une folie unique.
Toujours gouverné par ton *air*,
Mon être se glace ou s'allume.
Je gèle au plus haut de l'éther,
Ou le feu d'enfer me consume.
} *bis.*

J'avais fui pour toi l'*air* des champs,
Et singé les *airs* de la ville;
Hélas! tes *airs* indifférents
Rendirent ma peine inutile.
En vain j'essayai l'*air* de cour,
Et pris les *airs* d'un petit-maître...
Il faut, pour t'inspirer l'amour,
Etre ce que l'on a l'*air* d'être.
} *bis.*

Un jour, exhalant au grand *air*
L'excès de ma flamme amoureuse,
Je t'entendis fredonner l'*air*

Qu'embellit ta voix merveilleuse.
« Melfort, disais-tu, viens me voir,
« Ton *air* m'a séduite et je t'aime. »
J'accourus : l'*air* de ton boudoir       ⎫ *bis*.
Fait depuis mon bonheur suprême.       ⎭

M. A.

## XVI.

### ADÈLE C. A. (Portrait d').

Air : Une fille est un oiseau.

Adèle est un vrai lutin,
Dont la langue goguenarde
Emoustille, pique et larde
Par un détour clandestin.
Elle a, sous son air modeste,
La répartie un peu leste,
Le mouvement vif, agreste,
Le regard fier et malin.
Elle est agréable, au reste,
Bien faite, jolie et..... Peste!
C'est un mets friand et fin,
Pour un amoureux festin.

M. A.

## XVII.

### ALPHONSINE (Portrait d').

Air : Une fille est un oiseau.

Alphonsine est un furet,
Souple, adroit, plein de malice :

2.

Feignant l'amour par caprice,
Aimant à changer d'objet.
Coquettiser est son vice ;
Rendons-lui pourtant justice.
Elle a bien quelque artifice,
Mais, aime fort qui lui plaît.
Sa taille est fine et légère ;
Elle a l'art de savoir plaire ;
Mais gare à qui lui déplaît. (*Ter.*)

On peut bien lui pardonner
D'être parfois amoureuse ;
Elle est bonne, généreuse,
Ne reçoit que pour donner.
Active et laborieuse,
Excellente travailleuse,
Prévoyante et courageuse,
Elle songe à l'avenir.
Quand on est bonne et jolie,
On peut de quelque folie,
Effacer le souvenir. (*Ter.*)

Elle a traité ses amants
Suivant leur exact mérite ;
La rusée est hypocrite
Pour mieux charmer ses galants.
Toujours parée avec grâce,
Nul ton qu'elle ne surpasse.
Elle met l'homme à sa place,
Sans apparence d'orgueil.
Balance bien faite, en somme,
Je plains vraiment un jeune homme
Qui heurte un semblable écueil. (*Ter.*)

M. A.

## XVIII.

### ATTENDRE.

*Air du Petit Matelot.*

*Attendre* est une triste chose,
Si l'on *attend* sans trop d'espoir ;
Mais *attendre* un baiser de Rose,
C'est le bonheur à recevoir. (*Bis.*)
Plus on l'*attend* plus on désire
Le prendre et le renouveler !
Et lorsqu'on le tient, on soupire
D'être obligé de s'en aller.   (*Bis.*)

M. A.

## XIX.

### AMPHIGOURI.

Air : **Il y a huit ans que je suis dans la troupe.**

Il est donc faux qu'il soit vrai que je mens ;
Il est donc vrai qu'il est faux que tu mentes.
Ah ! s'il est faux qu'il soit vrai que tu mentes,
Il est bien vrai qu'il est faux que je mens.

J. A.

## XX.

### BIGOT (LE).

Air : **Je suis enfin résolu** (*De l'Enfant prodigue*).

Il faut donc que du *bigot*
Je dévoile ici l'argot !

C'est une rude besogne,
Car, les déhontés brigands
Sont sans honneur, sans vergogne,
Pires que des mécréants.

Parlant toujours du bon Dieu,
Fort assidus au saint lieu ;
On les croirait bons, affables,
Charitables, généreux ;
Quand ce sont des misérables,
Des fourbes, des malheureux.

Ils s'entretiennent du ciel,
Et leur cœur est plein de fiel.
Les vengeances et les haines
Sont leurs premiers éléments,
Et les cachots et les chaînes
Leurs plus faibles châtiments.

On les voit, les yeux baissés,
Cligner leurs regards faussés.
On les trouve à la prière,
Quasi toujours occupés ;
Mais, des grains de leur rosaire,
Leurs doigts tous seuls sont frappés.

L'hypocrisie et l'orgueil
Les suivent jusqu'au cercueil.
La méchanceté, l'envie,
Les distinguent ici-bas ;
Ils parlent d'une autre vie,
Et pensent qu'il n'y en a pas.

Tout en eux est fausseté,
Trahison, perversité ;
Le vrai dévot s'humanise,

Sert la veuve et l'orphelin,
Quand le bigot tyrannise,
Déteste le genre humain.

Portés à tous les excès;
Durs, méchants, intéressés;
Maîtres en supercherie,
Ces excécrables mortels
Apportent leur fourberie
Jusques au pied des autels.

Fanatique, intolérant,
Toujours blâmant, épurant,
Le bigot fait un reproche
Du plus faible égarement,
Et se livre à la débauche
Jour et nuit secrètement.

Bénissons les gens pieux;
Ils ont mérité des cieux;
Mais tombons avec courage,
Sur les impudents bigots,
Fauteurs de notre esclavage,
Coupables de tous nos maux.

M. A.

# XXI.

## LUTÈCE.

Air : Peut-on se plaindre d'une belle?

Non, dans la frivole Lutèce,
Mon cœur ne sera plus épris.
On y fait avec trop d'adresse,

Par des manéges inouïs,
Singer les vestales de Grèce ,
Par des élèves de Cypris.

Cette ville, il est vrai , recèle
La beauté dont je suis l'amant !
Mais ce n'est point une mortelle,
C'est un ange , un lutin charmant ,
Céleste , et l'Amour avec elle
Sont descendus du firmament.

Adieu donc, nymphes inconstantes
Des coulisses de l'Opéra ;
Loin de moi funestes bacchantes
Que mon sot délire admira.
Je n'aurai plus d'autres amantes !...
Tant que Céleste m'aimera.

M. A.

## XXII.

### AMOUR ET GLOIRE.

Air : Pour la baronne.

Amour et gloire ,      } bis.
Ce sont mes uniques drapeaux !
Je ne veux vivre dans l'histoire
Qu'à la faveur de ces deux mots :
    Amour et gloire.

Amour et gloire ,      } bis.
C'est la devise des Français ;
Et, dans le temple de mémoire ,
Qui fit écrire leurs hauts faits ?
    L'amour , la gloire.

Amour et gloire
L'un au sexe, l'autre au pays !  } bis.
Secret, clémence après victoire,
C'est doter de leurs plus beaux prix
Amour et gloire.

J. A.

# XXIII.

## AMENDE-TOI !

### A Catherine B.... S.

AIR du Petit Matelot.

Ah ! si tu t'amendais, ma chère,
Comme tu me l'avais promis ;
Je voudrais bien être ton père,
Même le père de tes fils.            (*bis.*)
Mais plus ta carrière s'avance,
Plus tes esprits sont dissipés,
Et mes vœux et mes espérances,
Je le crains fort, seront trompés.   (*bis.*)

Puisse ton auguste patronne,
Que l'Eglise fête aujourd'hui,
Te rendre aussi sage que bonne !
Pour lors je serai ton appui.       (*bis.*)
Résiste au penchant qui te mine ;
Préfère l'honneur aux ébats !
Et, par sa volonté divine,
Les roses naîtront sous tes pas.     (*bis.*)

Au lieu de ces fleurs passagères,
Tribut d'usage et non du cœur,

Je t'offre mes vœux bien sincères ,
Pour ta fortune et ton bonheur.          (*bis.*)
Fuis le danger auquel t'expose
Ton si fougeux tempérament ,
Et compte sur l'apothéose ,
Prix d'un si digne changement.          (*bis.*)

M. A.

# XXIV.

### SOUVENIR.

Air : Le premier pas.

Un souvenir est le bonheur suprême ;
Je le préfère au plus doux avenir.
Qu'il me rappelle une amante que j'aime ,
Qu'il me rappelle un brillant diadème ,
          Doux souvenir.          (*bis.*)

Un souvenir, aux jours de mon enfance,
Dans l'âge mûr me ramène enchanté ,
Glissons sur ceux de mon adolescence ,
N'oublions rien , mais gardons le silence !. .
          O volupté !          (*bis.*)

Lorsqu'à l'amour , l'austère hymen succède ,
Notre choix fait, sachons nous y tenir.
L'excellent drame a-t-il un intermède ,
Aux maux d'amour l'hymen est un remède
          Qu'il faut bénir          (*bis.*)

Si, dans Paris , conduit par la folie ,
J'eusse oublié mon épouse et mon fils ,

Fussé-je auprès d'une nymphe jolie ,
Je compterais ces jours d'anomalie ,
   Pour jours maudits.

Et quand du ciel l'extrême bienveillance
Me renverrait ma femme et mon enfant ,
J'abjurerais toute absurde démence ;
Je me croirais le plus heureux de France.
   Quel doux moment ! (*bis.*)
             M. A.

## XXV.

### LE BAL.

RONDE.

Air : La victoire fait la gloire.

Point de fêtes ,
  - O fillettes ,
Si le bal n'a pas son tour !
  Dans la France,
  De la danse
Naissent l'ivresse et l'amour.

A peine le jeune enfant
Peut-il mouvoir sa jambette,
 Qu'on le voit toujours sautant,
Chantant, courant et dansant.

   Point de fêtes , etc.

Le front paré de rubans ,
Coiffant chapeaux ou cornettes ;
Voyez les adolescents
Former leurs rondeaux charmants.

   Point de fêtes, etc.

Parvenu, sans y songer,
A l'âge des amourettes,
L'amant frivole et léger,
Dans un bal va s'engager.

    Point de fêtes, etc.

Rebelles à tous venants,
J'ai vu prudes et coquettes
Céder aux propos galants
De leurs danseurs éloquents.

    Point de fêtes, etc.

Citadins et villageois,
Princesses et bergerettes,
Tout danse, du fond des bois
Jusques au séjour des rois.

    Point de fêtes, etc.

Maint tendron de cinquante ans,
Et maint vieillard en lunettes,
Par quelques pas chancelants
Retrouvent leur bon vieux temps.

    Point de fêtes, etc.

Que par ses tournoiements
La valse tourne la tête,
De tendres enlacements
Ravissent cœur et bon sens.

    Point de fêtes, etc.

Lorsque les nœuds de l'hymen
Enchaînent deux cœurs honnêtes,
La danse est le vrai chemin
Des plaisirs du lendemain.

    Point de fêtes, etc.

Beautés qu'on néglige un peu,
Désirez-vous des conquêtes?
Allez au bal; en ce lieu
Brûle tout genre de feu.

      Point de fêtes, etc.

Vieux garçons, riches mondors,
Bien flétris, bien sots, bien bêtes,
Montrez au bal vos trésors,
Et vous pourrez plaire encor.

      Point de fêtes, etc.

Mères, que l'on dit oser
Toujours prétendre aux conquêtes,
Menez vos filles danser,
On pourra vous courtiser.

      Point de fêtes, etc.

Sous le plus beau des climats,
Les amours, les tête-à-tête
N'offrent que de vains ébats
Quand la danse n'en n'est pas.

      Point de fêtes, etc.

Dansez donc, papas, mamans,
Garçons et gentes poulettes;
Vieux époux, jeunes amants,
Et dansez en tous les temps.

      Point de fêtes, etc.

Belles, à qui mes avis
N'auront point l'air de sornettes,
Daignez m'en solder le prix
Aux bals des prochaines nuits.

      Point de fêtes, etc.

                      **M. A.**

# XXVI.

## LES BAVARDS.

Air : On compterait les diamants.

On veut qu'en chantant les bavards,
Ma langue s'escrime et bavarde!
Invoquons le Dieu des hasards
Du haut de ma triste mansarde.
Il m'en fait rencontrer partout,
Quand j'erre au loin de mon asile;
Et, par malheur, ce n'est pas tout,
J'en retrouve à mon domicile. (*bis.*)

Pour médire et pour bavarder,
L'engeance humaine a pris naissance.
Fou qui voudrait se hazarder
A museler la médisance.
Parler est un vice si grand,
Si commun, si doux, qu'à tout âge,
Le vieillard, l'adulte, l'enfant,
De bavarder ont tous la rage. (*bis.*)

L'avocat bavarde au barreau;
Le prédicateur, dans la chaire;
L'agent d'affaire, à son bureau;
Le marchand, avec son confrère.
La ravaudeuse, à ses chalands
Conte vingt bavardes sornettes,
Et la coquette à ses galants
Vante ses nouvelles conquêtes. (*bis.*)

Bavarder fut dans tous les temps
Le plus grand plaisir des commères :
Et l'on voit, dès leurs jeunes ans,
Les filles imiter leurs mères.

Ma foi, qu'on bavarde de nous,
Nous avons bavardé des autres ;
Pour en rire comme des fous,
Joyeux bavards, soyez des nôtres ! (*bis.*)

Glissons, mais n'appuyons jamais,
Bavardons un peu, mais pour rire !
Nous commettons de vrais forfaits
Lorsque nous bavardons pour nuire.
Laissons à des bavards méchants
Leurs bavardages détestables ;
Ne soyons bavards, médisants
Que pour égayer nos semblables. (*bis.*)

J. A.

# XXVII.

## ÉBAHIR.

Air : Au lieu de jouir, pourquoi pâtir ?

Le meilleur système est d'ébahir
Ses voisins, sa patrie et le monde !
Qu'on se fasse aimer, craindre ou haïr,
On finit par tout envahir.

Sémiramis, Cyrus, Alexandre,
Moïse, Jésus et Mahomet,
De leur temps surent si bien s'y prendre
Qu'ils obtinrent un succès complet.

Le meilleur système, etc.

A l'armée, à l'autel, sur le trône,
En commerce, en marine, en amour,

Pour marquer il faut que l'on étonne ;
Qui fléchit est perdu sans retour.

Le meilleur système, etc.

Le marchand qui fait mal ses affaires ;
Le prodigue, hors d'état de payer,
S'ils ont soin de cacher leurs misères,
Tôt ou tard pourront s'en relever.

Le meilleur système, etc.

On triomphe en excitant l'envie ;
C'est périr qu'exciter la pitié ;
En bravant les peines de la vie
On est près de la félicité !

Le meilleur système, etc.

M. A.

# XXVIII.

## ESTIME.

Air : Puisqu'on m'ordonne de chanter.

Souvent dans un poste fatal,
L'avide intrigant qui l'occupe,
Commet un crime capital,
Se croit estimé, n'est que dupe.
Lorsqu'il se gonfle avec transport,
Aux envieux il est en butte ;
Bientôt il chancelle, et la mort
Vient éterniser sa culbute.

Tel un amoureux dévoré
D'une rage incompréhensible,

Convoite l'objet adoré
Pour lequel son âme est sensible ;
S'il est absent, il dépérit,
Tant il brûle de le connaître.
Qu'il l'estime.... S'il en jouit
Ce sentiment doit disparaître.
L'estime que l'on vante tant,
En certains cas, est sans mérite.
C'est du hasard qu'elle dépend ;
Qu'on la cherche, elle vous évite.
Songeons seulement au bonheur,
Follement traité de chimère,
Il vit, même dans la douleur,
Qui nous le prouva mieux qu'Homère ?

J. A.

## XXIX.

### LES FERS.

Air : Pour obtenir celle qu'il aime.

Chanter les *fers* est peu risible,
Si le chanteur en est chargé ;
A moins qu'aux revers, impassible,
Sa gaîté ne l'ait soulagé.
Quant à moi, voilà mon système,
Souriant à la douleur même,
Je braverai jusqu'à la mort    } *bis.*
La folle inconstance du sort.

L'homme est aux *fers* dans sa jeunesse,
Au collége ou chez ses parents ;
Puis dans les *fers* de la tendresse
Vont s'écouler ses plus beaux ans.



3

Mais grâces à ce bon système,
Il se rit de sa douleur même,
Dût-il braver jusqu'à la mort            } *bis.*
La folle inconstance du sort.

Dans la maturité de l'âge
On s'enchaîne par les emplois;
On prend les *fers* du mariage,
On fléchit sous les *fers* des lois.
Heureux qui, suivant mon système,
Sait rire de sa douleur même,
Et braver jusques à la mort            } *bis.*
La folle inconstance du sort.

Les *fers* sont une chose utile,
Sur les brigands, sous nos coursiers :
Glissants sous les doigts de Lucile,
Tranchants dans la main des guerriers.
Ainsi bénissons le système
Qui fait applaudir aux *fers* même,
Et braver jusques à la mort            } *bis.*
La folle inconstance du sort,

Si par la haine ou l'injustice,
De *fers* on me chargeait un jour,
Je songerais avec délice,
Aux *fers* que je reçus d'amour.
Et, toujours plein de mon système,
Je rirais de ma douleur même,
Et braverais jusqu'à la mort            } *bis.*
La folle inconstance du sort.

M. A.

# XXX.

## LA FRANCHE ADOLESCENTE.

Air : Heureux temps que je regrette.

J'ai bientôt passé seize ans ,
Depuis quatre Amour me guette,
Et déjà depuis longtemps
A lui céder (*bis*) je suis prête.
Tendre amant que je regrette,
Je songe à toi nuit et jour ;
   Rejoins (*bis*) ta Colette.
Hélas ! elle meurt d'amour !  (*bis*)

Jadis notre tendre feu
Fut approuvé par ma mère ,
A ses yeux, de son aveu,
Tu m'embrassais (*bis*) sans mystère.
Elle a perdu la lumière ;
Je vis loin de ton séjour.
   Je n'ai (*bis*) plus qu'un père,
Hélas ! et je meurs d'amour! (*bis*)

Quand je t'adore en secret,
Dans le fond de ma retraite ;
Par un aveugle intérêt,
Mon père, hélas! (*bis*) te rejette ;
Mais compte sur ta Colette ,
Qui sera ta femme un jour.
   Songe (*bis*) à la pauvrette,
Hélas! elle meurt d'amour. (*bis*)

J. A.

3.

# XXXI.

## L'ÉPICURIEN.

Air : Gaîment je m'accommode de tout.

Nargue d'un caractère
    Fâcheux !
Rire chanter et plaire
    Vaut mieux.
Me vois-je à la tristesse
    Réduit,
J'y suis par l'allégresse    *ter.*
    Conduit.

Jadis de la fortune
    Doué ;
Par la foule importune
    Loué,
Je me dis : on encense
    Ton or ;
Qu'il prenne en diligence    *ter.*
    L'essor.

J'eus, de ma prescience
    Certain,
Pour mainte bienfaisance,
    Dédain.
Depuis, ma langue en raille
    Et dit :
Qui pense, aime et travaille,    *ter.*
    Jouit !

M. A.

# XXXII.

## LE GUERRIER FRANÇAIS A TRIESTE.

### (1818.)

Air : Vent brûlant d'Arabie.

Contre vent d'Illyrie,
Sur les monts Triestans.
Amour de ma patrie
Viens échauffer mes sens !
L'air glacé qui me pique,
Plus froid qu'à Smolensko,
Du Borée antarctique
Fier rival est l'écho. (*ter.*)

Mais du mal que je souffre
Je brave les excès,
Et j'irais dans un goufre
Pour sauver les Français.
Les malheurs de la Gaule,
Depuis quelques hivers,
De l'un à l'autre pôle
Font frémir l'univers. (*ter.*)

Son armée invincible
Fit trembler bien des rois ;
Un ricochet terrible
L'a soumise à leurs lois.
Tant de trésors immenses
Par elle accumulés,
Avec ceux de la France
Se sont tous envolés. (*ter.*)

L'ayant bien ruinée,
Les princes-alliés,

S'ils l'ont abandonnée,
N'en sont point oubliés.
Que désormais, tranquilles,
Ils nous laissent en paix,
Ou leurs champs et leurs villes
Reverront les Français. (*ter.*)

Cinq à six ans suffisent
Pour réparer nos maux,
Et les glaives s'aiguisent
Pour des guerriers nouveaux.
A son roi philanthrope (1)
Le peuple réuni,
Peut vaincre encor l'Europe,
Dont on le croit banni. (*ter.*)

Cependant qu'elle ferme
Le temple de Janus,
Et mette un loyal terme
A d'horribles abus ;
Que libres, sans licence,
Ses sujets, comme nous,
Goûtent paix et clémence,
Nous retiendrons nos coups. (*ter.*)

Aux dieux, la Gaule entière
L'a juré par l'honneur,
Jamais son cimeterre
Ne sera l'agresseur ;
Mais si quelque vampire
Vient encor l'insulter,
Ses lois, son vaste Empire,
Tout va ressusciter. (*ter.*)

M. A.

(1) Louis **XVIII**.

# XXXIII.

## FOLIE (ma).
### (1829.)

Air : Tous les contrastes de ce monde.

Je me complais dans ma folie,
On me la reproche, et j'en ris !
La voici : De femme jolie
La vertu me paraît sans prix.
Pour le vice je suis de glace,
Je hais le bruit, j'aime la paix,
Et ma folie est si tenace
Que je n'en guérirai jamais.  } *bis.*

D'une trompeuse politique
J'abhorre les honteux ressorts,
Et de tout zèle fanatique
J'improuve les hideux transports.
Je pardonne, s'il les efface,
A qui rougit de ses excès ..
Et ma folie est si tenace
Que je n'en guérirai jamais.  } *bis.*

J'adore la simple nature,
Quand elle suit le droit chemin ;
Je plains cette caricature
Qui prend le nom de genre humain.
Je méprise la double race
Des courtisans et des laquais.
Et ma folie est si tenace
Que je n'en guérirai jamais.  } *bis.*

J'estime un serviteur honnête ;
J'estime un noble sans orgueil ;
J'estime une chaste soubrette ;
J'estime un grand d'un doux accueil.

J'estime, en un mot, toute classe
Qui s'honore par ses bienfaits.
Et ma folie est si tenace
Que je n'en guérirai jamais.          } *bis.*

Je fuis d'un prélat famélique
La dégoûtante vanité ;
Je cherche un prêtre qui pratique
Les vertus et la charité.
Je déteste un tartufe en place
Chargé de honte et de forfaits.
Et ma folie est si tenace
Que je n'en guérirai jamais.          | *bis.*

Je voudrais, dans la monarchie,
Un roi père de ses sujets,
Qui ne traitât pas d'anarchie
Leurs plus inhostiles projets.
Je voudrais qu'il ne mît en place
Que des individus parfaits.
Et ma folie est si tenace
Que je n'en guérirai jamais.          } *bis.*

J'aime une liberté bien sage,
Dont on jouisse sans remords ;
J'aime un monarque s'il partage,
Pour la conserver, nos efforts.
J'aime qu'il gouverne avec grâce,
Qu'il traite et maintienne la paix.
Et ma folie est si tenace
Que je n'en guérirai jamais.          | *bis.*

Je voudrais, dans la république,
Des hommes purs et sans défauts,
Dont la première politique
Fût d'anéantir tous nos maux.
Je les voudrais bons, pleins de grâce,

Nous poussant aux sages progrès.
Et ma folie est si tenace
Que je n'en guérirai jamais.　　*bis.*

Je voudrais, sous tous les régimes,
De la fixité dans les lois ;
Pour l'Etat des élans sublimes ;
Pour administrer, de bons choix.
Je voudrais effacer la trace
De l'injustice et des méfaits.
Et ma folie est si tenace
Que je n'en guérirai jamais.　　*bis.*

Je voudrais chez les gens d'église,
Plus de ferveur et moins d'orgueil ;
Du courage en des temps de crise ;
De l'équité jusqu'au cercueil.
Je voudrais qu'ils nous fissent grâce
De leurs hypocrites accès.
Et ma folie est si tenace
Que je n'en guérirai jamais.　　*bis.*

Je voudrais dans nos militaires,
Emules de Léonidas,
Le dévoûment, les mœurs austères
De Sparte et de ses fiers soldats.
J'aimerais qu'il nous restât trace
De leurs héroïques succès.
Et ma folie est si tenace
Que je n'en guérirai jamais.　　*bis.*

Près de moi, j'aime avec tendresse
La moitié dont je suis chéri ;
J'éprouve une incroyable ivresse,
Si je trouve un sincère ami.
Lorsque Adélaïde m'embrasse,
Je crois tenir ces deux objets.

Et ma folie est si tenace
Que je n'en guérirai jamais.   | bis.

O France ! ô ma chère patrie !
J'ai vécu, vis, vivrai pour toi,
Et le monde entier, je parie,
Voudra bientôt suivre ta loi.
Le mal que tu souffris s'efface
Devant cet espoir plein d'attraits.
Si c'est folie, elle est tenace
Et je n'en guérirai jamais.   | bis.

M. A.

## XXXIV.

### C'EST FORT, TRÈS FORT, PLUS FORT, TROP FORT, QU'IMPORTE !

(1831.)

AIR : J'ai vu partout dans mes voyages.

Qu'un traitant soit dans la misère ;
Qu'un avoué n'ose mentir ;
Qu'un gros bernardin soit austère ;
Qu'un égoïste ait pu sentir ;
Qu'on trouve un ami pour la vie ;
Qu'une amante cherche à nous fuir ;
C'est fort !... moi, je n'ai qu'une envie,
C'est d'aimer, de plaire et jouir.   | bis.

Qu'un fou soit sage en sa vieillesse ;
Qu'un nouveau riche ait de l'esprit ;
Qu'on soit fidèle à sa maîtresse ;
Qu'on aime qui nous contredit ;

Qu'un grand ait de la modestie ;
Qu'un sot pénètre l'avenir ;
C'est très fort !... moi, je n'ai l'envie
Que d'aimer, de plaire et jouir. } *bis.*

Qu'un prodigue devienne avare ;
Qu'un parvenu soit gracieux ;
Qu'un Provençal vous dise gare ;
Qu'un financier devienne gueux ;
Qu'on déteste femme jolie ;
Que l'esprit aide à parvenir ;
C'est plus fort !... moi, je n'ai l'envie
Que d'aimer, de plaire et jouir. } *bis.*

Que sans intérêt on oblige ;
Qu'un prêtre soit consciencieux ;
Que la sagesse nous dirige ;
Que ses conseils soient nos dieux ;
Qu'en guerre un soldat français plie ;
Que nous nous laissions asservir ;
C'est trop fort !... j'en perdrais l'envie
D'aimer, de plaire et de jouir. } *bis.*

Tous les contrastes de ce monde,
Je les brave ou je les saisis ;
Ma félicité ne se fonde
Que sur la paix de mes esprits.
Que le public en jase, en rie,
Me voie avec peine ou plaisir,
Qu'importe ! je n'ai d'autre envie
Que d'aimer, de plaire et jouir. } *bis.*

M. A.

# XXXV.

## LES DEUX SOEURS MONTALBANAISES.

### (1840.)

Air : Vent brûlant d'Arabie.

J'aimais avec tendresse
La veuve d'un ami ;
La sœur d'une traîtresse
Que l'enfer a vomi.
Par des bienfaits sans nombre
J'avais cru les lier...
Pauvre sot ! quel encombre !...
A qui donc se fier ? (*Ter.*)

Pour servir ces deux femmes,
Dans l'espoir du bonheur ;
J'aurais bravé les flammes,
Tout perdu, sauf l'honneur.
Ces sœurs d'intelligence,
Veulent m'expolier...
La belle récompense !...
A qui donc se fier ? (*Ter.*)

Longtemps je fus leur dupe,
Mais leur masque est levé.
Du soin qui les occupe
Mon cœur est soulevé.
La leçon sera bonne ;
Sachant me défier,
A nulle autre friponne
Je n'entends me fier. (*Ter.*)

M. A.

# XXXVI.

## LA FEMME EXIGEANTE.

### (1822.)

Air : O Mont Saint-Jean.

Si jamais j'étais assez folle
Pour me soumettre au joug d'hymen,
Mon époux, ou sage ou frivole,
Devrait aussi subir le mien.
Usant du pouvoir de mes charmes,
J'aimerais à le voir jaloux.
S'il me témoignait des alarmes,
Je saurais braver son courroux,
Braver son courroux!

Et si le sot me déclarait la guerre,
Je lui dirais, riant de sa colère,
Approche, approche, à mes genoux,
Cède! obéis! ou tombe sous mes coups!

De mes faveurs toujours avare,
Bien entendu, pour mon mari ;
Je n'aimerais point la bagarre,
Mais j'aurais un amant chéri.
Je voudrais être circonspecte,
Mais qu'il habitât ma maison ;
Et que mon époux le respecte,
Dût-il en perdre la raison,
Perdre la raison,

Et si le sot me déclarait la guerre,
Je lui dirais, riant de sa colère,
Approche, approche, à mes genoux,
Cède! obéis! ou tombe sous mes coups!

Lorsque j'avancerais dans l'âge,
Il devrait redoubler de soins ;

Pour avoir la paix du ménage,
Bien sûr que je l'aimerais moins.
Je voudrais alors que la foule
Des fous, des gourmands, des joueurs,
De l'essaim qui flatte et roucoule,
Remplaçât mes adorateurs,
    Mes adorateurs.

Et si le sot me déclarait la guerre,
Je m'écrierais, riant de sa colère,
  Approche, approche, à mes genoux;
Cède! obéis! ou tombe sous mes coups!

J. A.

# XXXVII.

## LA GÉOGRAPHIE.

### (1826.)

Air : Tu le veux, Zoé, chantons l'air.

Grand merci! j'ai donc le fardeau
De chanter la géographie ;
Le sort ne fait un tel cadeau
Qu'aux rimeurs dont il se défie.
Me voilà lancé dans les mers,
Les continents, les péninsules.
Morbleu! combien de méchants vers
Vont enrichir mes opuscules.   } *bis.*

L'Europe est un petit recoin
De ce vaste morceau de terre,
Qu'aidé de la mer, avec soin,
L'hémisphère oriental enserre.

Ce pays, fait pour s'agrandir,
Aux mers de l'Inde doit atteindre,
Un tiers de l'Est peut l'arrondir,
L'Indus et le Volga l'enceindre.                    } bis.

L'Asie ayant cédé d'abord
Toute la Perse et la Turquie,
Se trouve posséder encor
La Chine, l'Inde et la Russie,
Du pôle arctique au Malaca ,
De Corée à la mer Caspienne,
Et de l'Indus au Kamchatka,
S'étend son immense domaine.                         } bis.

Vers le Midi, sous l'équateur,
Est la triangulaire Afrique,
Que traverse dans sa longueur,
Aussi l'un et l'autre tropique.
L'Orient est très peu connu ,
Le Sud est sale, l'Ouest barbare,
Au Nord Carthage a disparu,
Qui voyage au Centre s'égare.                        } bis.

Dans l'hémisphère occidental,
Complément de la mappemonde,
Un long pays continental
Fait le revers de notre monde.
Au Sud, est la terre de Feu,
A l'autre bout le froid nous pique,
Et les Antilles au milieu
Partagent la double Amérique.                        } bis.

Par trois cent soixante degrés
De latitude et longitude,
Le globe a des points séparés
Que l'on distingue avec l'étude.

Il a des fleuves, des volcans,
Il est rond, tourne sur lui-même.
Puisse-t-il durer bien longtemps,
Car tout méchant qu'il est, je l'aime. } *bis.*

J. A.

# XXXVIII.

### GASTRONOMIE.

Air : Il faut des époux assortis.

Il me faut des mets assortis
Pour contenter ma gourmandise ;
Sur un couvert proprement mis,
Des plats arrangés à ma guise.
J'aime surtout le bon vin vieux,
Qui par le temps se décolore.
Ah ! Bacchus, tu vaux cent fois mieux
Que les dons passagers de Flore. (*bis.*)

Au vin, quoique faible en couleur,
Le temps porte atteinte légère ;
Mais la cave, par sa fraîcheur,
Lui donne le secret de plaire.
Bouteille, bonne le matin,
Le soir, paraît meilleure encore,
Du jour oubliant le déclin,
On veut boire jusqu'à l'aurore. (*bis.*)

C'est le passetemps le plus doux,
Quand l'amour a quitté nos âmes ;
On voit même de vieux époux
Par le vin ranimer leurs flammes.

# LES
# MILLE ET UNE CHANSONS,

DE

## JEANNE ET DE MARIE AYRAL.

Vertus ! Amour ! Indépendance et Gloire!

**TOME PREMIER.**

## PARIS,

**MAISON**, Successeur de **M. AUDIN**,

LIBRAIRE, QUAI DES AUGUSTINS, 29.

—

M. DCCCXL.

# OUVRAGES PUBLIÉS PAR MARIE-GUILLAUME AYRAL.

|  |  |  |
|---|---|---|
| 1. Pasquinade patoise, imprimée à Toulouse. | 1784. | 1 vol. in-12. |
| 2. Coup d'œil sur la rose, imprimée aussi par don Ladard, à Toulouse, éditeur des deux ouv. | 1789. | 2 vol. in-12. |
| 3. Dissertation sur la démocratie, *idem.* | 1790. | 1 vol. in-12. |
| 4. Traité sur la discipline scolastique. | 1791. | 1 vol. in-12. |
| 5. Opuscules poétiques. | 1791. | 3 vol. in-8°. |
| 6. Vie aventureuse du prébendé Ayral. | 1792. | 1 vol. in-12. |
| 7. Intérieur d'un Cloître de cordeliers. | 1792. | 2 vol. in-12. |
| 8. Amours, guerres et voyages. | 1793. | 2 vol. in-12. |
| 9. Pauliska, *Ayral et D***, auteurs.* | 1796. | 2 vol. in-18. |
| 10. Siéges et défenses de places, Maginelline. | 1798. | 1 vol. in-12. |
| 11. Amants vendéens, *Ayral et Gosse, auteurs.* | 1799. | 4 vol. in-12. |
| 12. Sainte-Hélène et Monrose. (An 7.) | 1799. | 2 vol. in-12. |
| 13. Valmor et Lydia. (An 7.) | 1799. | 3 vol. in-12. |
| 14. 58 chansons aux déjeûners du Vaudeville. | 1799. | 1 vol. in-8°. |
| 15. Manœuvres d'infanterie. (Magimel.) | 1800. | 1 vol. in-18. |
| 16. Voyage en Allemagne, Suisse, Italie. | 1801. | 4 vol. in-12. |
| 17. Bamélio, Vallérer, Soirées villageoises. | 1801. | 4 vol. in 12. |
| 18. Confessions d'un major réformé. (Naples.) | 1806. | 5 vol. in-12. |
| 19. L'Androgyne, en vers. (Naples.) | 1807. | 1 vol. in-12. |
| 20. Manœuvres d'infanterie. (Magimel.) | 1807. | 1 vol. in-18. |
| 21. La Phalange triangulaire. (Naples.) | 1807. | 1 vol. in-18. |
| 22. Rapport sur la conscription de 1805. | 1805. | 1 vol. in-18. |
| 23. Des quinze ans d'interrègne. (Magimel.) | 1805. | 1 vol. in-18. |
| 24. Maçonnerie adhoniramite hauts-grades. | 1806. | 3 vol. in-18. |
| 25 Mélanges en prose et vers, imprimés à Calais. | 1806. | 4 vol. in-18. |
| 26. Mémoires de la comtesse Duval. (Zurich.) | 1808. | 2 vol. in-12. |
| 27. L'Eunuque par amour, de Jeanne. (Zurich.) | 1809. | 2 vol. in-12. |
| 28. A vingt ans trois fois mère, *idem,* *idem.* | 1809. | 2 vol. in-12. |
| 29. Six mois outre-mer, à Mahon et Alger. | 1812. | 1 vol. in-8°. |
| 30. Le Jouet de la fortune, imprimé à Perpignan. | 1813. | 2 vol. in-12. |
| 31. L'intérieur d'une vente de Carbonari. (*Guillaume.*) | 1828. | 1 vol. in-12. |
| 32. Receuil de chants lyriques. (Paris.) | 1830. | 3 vol. in-18. |

TOTAL des ouvrages imprimés et publiés     66 vol.

## Ouvrage sous presse publié par livraison.

|  |  |  |
|---|---|---|
| 33. Mille et une chansons, par Jeanne et Marie. | 1840. | in-8°. |

## OUVRAGES TERMINÉS DE MARIE.

|  |  |
|---|---|
| 34. Constitution des Carbonaris, italien et français, trad. | 4 vol. in-8°. |
| 35. Constitution des frères Moraves, trad. de l'allemand. | 2 vol. in-8°. |
| 36. Constitution de l'ordre protestant de saint-Eude. | 1 vol. in-8°. |
| 37. Voyage en Tyrol et en Illirie. | 2 vol. in-8°. |
| 38. Recueils d'articles politiques insérés aux journaux. | 2 vol. in-8°. |
| 39. Nouveaux opuscules en vers de 1819 à 1840. | 3 vol. in-8°. |
| 40. Poésies pieuses et cantiques. | 1 vol. in-8°. |
| 41. Poésies et cantiques patriotiques de 1789 à 1840. | 2 vol. in-8°. |
| 42. Poésies érotiques et couplets légers, *idem.* | 1 vol. in-8°. |
| 43. Trente lustres de ma vie ambulante, en vers. | 2 vol. in-8°. |
| 44. Les vicissitudes de la vie humaine, par Marie. | 2 vol. in-8°. |
| 45. Mémoires militaires et campagnes d'Ayral. | 7 vol. in-8°. |

# Généalogie des auteurs.

1° *Pierre* Ayrault, le plus ancien des ancêtres connus des
familles Ayral, naquit à Angers, en 1536, fut annobli par
Charles IX, en 1569, mourut en 1601. Les jésuites ayant
admis dans leur ordre, contre la volonté paternelle, son
fils aîné René, qui s'y rendit célèbre et mourut à la Flèche
en 1647, la compagnie de Jésus persécuta les Ayrault et
força de s'exiler à Moissac, en Quercy, où il fit le commerce des toiles, l'un des nombreux enfants de Pierre
d'Ayrault, devenu juge criminel d'Angers.

2° *Jean-Pierre* Ayrault, né à Angers en 1581, mort à
Moissac en 1634, fils du précédent.

3° *Guillaume-Bernard* Ayrault, né en 1601, supprima le *t*
de son nom de famille par une cause ignorée, mourut en
1684, fils *id.*

4° *Bernard-Pierre* Ayral, né en 1624, supprima aussi l'*u* de
son nom, fit fortune et devint millionnaire dans une seule
foire de Beaucaire, mourut à Moissac en 1693, fils *id.*

5° *Jean* Ayral, seigneur et baron de Sérignac, en Quercy,
né en 1650, quitta le commerce et vécut du revenu de ses

terres, mourut en 1739, fut marié à une demoiselle Contensous, de Moissac.

6° *Guillaume* AYRAL, fils aîné de Jean, né en 1701, fut trente ans conseiller à la Cour des aides de Montauban, eut cinq garçons, dont trois prêtres, et autant de demoiselles; il fut le chef de la branche noble des AYRAL, et mourut en 1774.

Son frère cadet, Pierre AYRAL, fut le chef de la branche roturière établie à Saint-Nicolas de la Grave, département du Tarn-et-Garonne.

7° *Jean* AYRAL, baron de Sérignac, trésorier de France, avocat du roi au bureau des finances de Montauban, né le 25 mars 1726, n'eut qu'une fille naturelle et adoptive, Jeanne Contensous Ayral de Magnas, née le 7 décembre 1768, *l'un de nos auteurs* vivant en 1840, et un seul fils légitime d'*Élisabeth-Étienne* DELABORDE; *Jean* AYRAL mourut le 25 octobre 1803, laissant son garçon unique.

8° *Marie-Guillaume* AYRAL BONNEVILLE, né à Sérignac, le 1er janvier 1769, colonel au 2° d'Artillerie à cheval, chevalier des ordres royaux de la Légion-d'Honneur, de la Couronne de fer, de l'Union de Hollande et de la Fidélité des deux Siciles, *notre second auteur* vivant en 1840, ayant pour successeurs plusieurs enfants et petits-enfants *adoptifs* des deux sexes.

# BIOGRAPHIE.

Jeanne Contensous Ayral de Magnas naquit à Moissac, le 7 décembre 1768, fille naturelle de Jean Ayral, baron de Sérignac, et d'une de ses cousines germaines. Elle fut baptisée à Sérignac où elle a été nourrie. Huit jours après sa naissance, la mère de Jeanne fut ensevelie dans un monastère par sa famille, et celle-ci fut adoptée par son père et l'épouse légitime qu'il s'était choisie. ·

Marie-Guillaume Ayral Bonneville, né au château de Sérignac, le 1ᵉʳ janvier 1769, fils légitime du baron Jean Ayral de Sérignac, trésorier de France, avocat du roi au bureau des finances de Montauban, et d'Élisabeth-Étienne Delaborde, son épouse, fut baptisé, voué à la Vierge et à l'Église, pendant ses premières années, par sa pieuse mère, ex-novice ursuline à Montauban en Quercy, contrainte par son père Jean-Étienne Delaborde, receveur-général des domaines et bois à Auch, à prendre un époux, après neuf ans d'un noviciat volontaire.

En se soumettant aux volontés d'un père absolu, Élisabeth obtint de son futur l'autorisation de consacrer le premier fruit de leur hyménée à l'état monastique, se faisant un cas de conscience d'être un jour remplacée dans un cloître.

En revanche, le baron reçut de sa fiancée la promesse solennelle que le fruit de ses amours avec sa cousine serait adopté par les deux époux.

Cet engagement réciproque reçut en son temps son exécution.

Jeanne fut nourrie par une ex-musulmane, nommée d'abord Aména, puis Marie, lorsque, esclave affranchie de la comtesse de Marbœuf, gouvernante de l'île de Corse, elle abjura l'islamisme pour épouser le nommé Bequié, alors dragon, puis huissier, à Sérignac, du seigneur haut-justicier Jean Ayral.

Marie-Guillaume eut trois nourrices diverses également vassales de son père, et sevré de même que sa demi-sœur, à l'âge d'une année; ils furent élevés par la baronne comme s'ils eussent été tous les deux ses propres enfants.

Leur ressemblance était si grande, que lorsqu'on les vêtissait uniformément des habits de l'un ou de l'autre sexe, on les prenait pour deux jumeaux, et les auteurs de leurs jours avaient peine eux-mêmes à ne pas les confondre.

L'intimité du frère et de la sœur, commencée après leur naissance, dure encore après quatorze lustres d'existence, ainsi que leur vigoureuse santé.

Le premier janvier 1776, Marie quitta la couleur blanche, et fut donnée au couvent des bénédictins de Belleperche en Quercy, sur les bords de la Garonne, avec une oblation de 100 louis, par ses père et mère; ramené aussitôt dans sa famille, pour s'y faire donner une éducation convenable au rang qu'il tenait dans le monde, il fut convenu qu'après l'accomplissement de sa dix-huitième année, il serait clôturé dans le couvent de Belleperche pour prendre l'habit de saint Benoît et faire sa profession.

Jeanne fut renfermée à la même époque aux Ursulines de Montauban, où elle fut élevée, et à peu près forcée à prendre le voile blanc lorsqu'elle eut atteint sa quinzième année; sa séparation d'avec un frère adoré fut excessivement douloureuse. Ils entretenaient une correspondance mystérieuse ; et le nommé Charles Brunel, fils du maître de la poste aux chevaux de Larrazet en Lomagne, était l'intermédiaire de Jeanne et de Marie, en leur apportant leurs lettres réciproquement.

Marie-Guillaume, élevé d'abord par des précepteurs, puis à Auch, puis au collége de Lesquille à Toulouse, fit toutes ses classes avec succès : la littérature et la poésie furent sa vocation principale. Par une analogie assez singulière, Jeanne eut absolument les mêmes goûts

Religieuse par force, Brunel lui plut ; elle feignit une maladie, fut envoyée aux eaux de Baréges, et son amant l'enleva et l'épousa pendant son voyage ; il se fit alors soldat au régiment de Cambresis, où sa femme devint cantinière, et lui sergent-major. Deux filles et un garçon étaient provenus de ce mariage avant le 1<sup>er</sup> janvier 1789, que Brunel périt d'une manière tragique et glorieuse , laissant son épouse veuve et trois fois mère à vingt ans.

Jeanne au désespoir, et voulant venger la mort de son époux, combattit les ennemis de la France pendant les premières guerres de la révolution , avec gloire et distinction. Elle devint officier par l'élection alors en usage ; ayant fait connaissance, en Suisse, d'un pasteur de l'église évangélique, devenu passionnément amoureux d'elle , Jeanne consentit à quitter le service, à reprendre les habits de son sexe, à l'épouser et à se faire protestante, pourvu que les trois enfants de son premier mariage fussent adoptés par le ministre calviniste. Celui-ci consentit à tout, et Jeanne, devenue en secondes noces madame Duval, s'établit avec ses premiers rejetons au presbytère d'un village près Winthertur, canton de Zurich, où elle a vécu depuis honorée, riche et considérée, et sa progéniture s'est augmentée de quatre nouveaux enfants. Tous sont bien établis, et prospèrent. Jeanne est veuve depuis 1829, et vient tous les ans à Paris vendre en gros des toiles et mousselines de Saint-Gall, dont elle fait un lucratif commerce ; elle a constamment conservé ses relations avec son frère, et l'a vu cinq fois dans sa patrie adoptive où ses voyages l'ont conduit. Ensemble ou séparément, ils ont sans cesse cultivé la poésie et la littérature.

Marie-Guillaume, après la fuite et l'apostasie de sa sœur, devint exclusivement l'enfant chéri de sa mère ; étant demeuré son fils unique, le baron perdit avec peine l'espoir de perpétuer sa race et son nom dans la ligne directe. Marie étant irrévocablement dévoué à l'église et à l'état monasti-

que, on lui fit prendre la soutane et commencer ses études
théologiques à Toulouse, en 1785; mais doué d'un tempérament vigoureux , et passionné pour l'amour et pour la
gloire, l'abbé Ayral, au lieu d'entrer aux Bénédictins, à dix-
huit ans, s'évada deux fois de la maison paternelle, courant
tantôt après l'une, tantôt après l'autre belle ; et lorsqu'il
eut scandalisé, depuis 1783 jusques en 1787, ses père et
mère et ses compatriotes, par ses nombreuses aventures
galantes, il s'engagea comme soldat à Toulouse, dans le régiment du Maine, 29ᵉ d'infanterie, à l'adjudant Thouret
recruteur dans cette ville, le 6 de novembre 1787.

La garnison de son régiment était à Bastia dans l'île de
Corse; Marie-Guillaume s'y fit distinguer en combattant les
rebelles montagnards, le nom militaire de *la Rose* qu'il avait
reçu en s'enrôlant; on le fit caporal après quatre mois et
demi de service, ensuite caporal-major du 2ᵉ bataillon, puis
sergent des chasseurs , enfin sergent-fourrier. C'est après
quatorze mois d'honorables services qu'il reçut son congé
absolu, gratis, vu sa qualité de gentilhomme, par ordre du
ministre de la guerre, M. de Brienne.

Le baron son père, criblé de dettes, fut forcé de s'exiler à
la suite d'une affaire criminelle. Son épouse, en attendant
qu'elle pût arranger cette affaire, avait désiré le retour de
son fils auprès d'elle, et Marie s'était soumis à la volonté
maternelle ; son oncle, l'ex-jésuite abbé Louis Ayral de Po-
miés, lui résigna sa prébande au chapitre de Moissac , il
revint à la cléricature. L'abbé Ayral y resta depuis le 1ᵉʳ
avril 1789 jusqu'au 15 avril 1791, et résigna à son tour à
un autre de ses oncles, l'abbé Jean Ayral Massuel, coad-
juteur et vicaire-général de l'évêque de Lombès, dont le diocèse fut supprimé.

La Révolution ayant fermé les couvents, il n'avait pas été
possible à la baronne de confiner son fils unique aux Bénédictins de Belleperche : il ne lui fut pas plus facile de le
retenir dans l'état ecclésiastique. Mais , élevé pour aimer

l'indépendance, il avait embrassé de tout son cœur les principes démocratiques de la révolution de 1789. Fort instruit dans l'état militaire et passionné pour la gloire, devenu riche par la mort de son oncle, le 11 avril 1791, qui le fit héritier d'un patrimoine de 40,000 livres de rente, il en sacrifia le tiers pour payer les dettes de son père, arranger son affaire et l'établir dans le fief de Barrète, l'un de ses plus beaux domaines, produisant 8,000 francs de rente, dont son père jouit le reste de sa vie.

Pressé, sur la fin de 1791, par un troisième oncle, son curateur, l'abbé Dominique Ayral Labadie, curé de Fauroux, et la baronne, sa mère, d'émigrer, ainsi que la majorité de la noblesse française, Marie-Guillaume feignit de céder à leurs instances, pour se mettre en possession d'une forte somme qui lui était destinée, et qu'il ne put toucher, par leur ordre, qu'à Luxembourg, au-delà des frontières françaises. Il eut le bonheur d'y arriver, de recevoir cet argent, et de rentrer, quarante-huit heures après, dans sa patrie, qu'il adorait et se proposait bien de défendre. En effet, après s'être amusé quelques semaines à Paris, il revint dans sa retraite de Saint-Nicolas de la Grave, se raillia ouvertement aux patriotes, et s'enrôla dans les volontaires de son département, alors de la Haute-Garonne. Elu capitaine par la compagnie de ses compatriotes, les Nicolaïtes, le 15 janvier 1792, il fit partie avec eux du 4ᵉ bataillon de la Haute-Garonne, fit la guerre avec lui à l'armée des Pyrénées, puis à celle des Alpes ; s'empara, le 29 août 1792, du château de Bésignan, à leur tête, après huit jours de siége ; fut employé à l'invasion de la Savoie, au blocus de Genève ; facilita l'évasion du général en chef de l'armée, Montesquiou, dont l'arrestation avait été décidée par la Convention nationale ; obtint un congé de quatre mois, le 1ᵉʳ décembre 1792, se maria illicitement avec sa cousine germaine, Marie Lescases, le 15 janvier 1793, sans dispense, contre le gré de ses père et mère et curateur, sans acte de respect ; et cette alliance , qui ne produisit aucun rejeton , fut en quelque sorte dissoute après quinze jours, le capitaine Marie étant passé à d'autres amours, puis revenu à son poste aux armées.

De la vallée du Queyras , où il laissa, le 29 août 1793 , le 4ᵉ bataillon de la Haute-Garonne, il se rendit à Paris, pour passer à l'armée du Nord , et se trouva a la journée du 2 juin 1793. Son oncle, le capitaine de vaisseau Bernard Ayral , était alors membre de la Convention nationale. Le ministre de la guerre le dirigea sur l'armée des Pyrénées-Orientales , et dans le 7ᵉ bataillon de la Haute-Garonne ; il assista à la prise du camp de la Perche , vis-à-vis le Mont-Louis ; y fut blessé grièvement au métacarpe de la main droite, et ne voulant pas néanmoins quitter son poste , concourut à la conquête de la Cerdagne espagnole, sous les ordres du général Dagobert. Envoyé, le 2 septembre 1793, de Belver à Foix , comme agent militaire, pour y lever un bataillon d'élite , il en fut nommé le chef, le 20 septembre, et fit partie du camp de la Liberté , près Toulouse , sous les ordres du général divisionnaire Marbot , commandant la division de la Montagne. Il la suivit au siége de Toulon , y fut encore légèrement blessé à la prise de la redoute anglaise ; et retrouvant à Aix son ancien bataillon, le 4ᵉ de la Haute-Garonne, après la reddition de la forteresse, il abandonna son grade de chef de bataillon, pour y rentrer en qualité de capitaine d'artillerie , et marcher derechef, en cette qualité à l'armée des Pyrénées-Orientales , sous les ordres du général en chef Dugommier, pour chasser les Espagnols du Roussillon , que leur armée avait envahi.

Prisonnier quelques heures au village de Bagnuls, il fut repris par son ami le colonel du 1ᵉʳ régiment de hussards, Bougon , et fit avec succès la guerre aux Espagnols , pendant deux ans, et jusqu'à la paix, aux batailles des 11 et 12 floréal, près de Boulou ; des 27 et 30 brumaire, en Catalogne ; aux siéges de Figuières, de Roses, et fut encore blessé sous les yeux du général en chef Pérignon et du représentant Delbrel, à la prise de l'un des fortins de cette place. De 1795 à 1800, il servit à Perpignan, en Italie, au camp du Belair, sous Schœrer; près Savone, en Piémont; dans le Milanais, le Tyrol, jusqu'à Udine, lors du traité de Campo-Formio, puis revint en France, tint garnison à Cherbourg; alla croiser sur *le Formidable*, avec la garnison du vaisseau, composée de quatre cents hommes de la 4ᵉ demi-brigade de ligne; entra par le détroit de Gibraltar dans la Méditerranée, débarqua à la Spezzia; alla conduire en Égypte des canonniers et des projectiles; en 1799, visita les Pyramides, revint à Alexandrie, par le Nil, Rosette, Aboukir. De retour à la Spezzia, en repartit pour Cherbourg, y trouva l'ordre du ministre de la guerre Bernadote, d'aller prendre à Toulouse le commandement du 2ᵉ bataillon auxiliaire de la Haute-Garonne, y fit la guerre contre les insurgés royaux, commandés par le comte de Paulo et le général Rouger; y commanda les places d'Auterive et de Cintegabelle, en état de siége; les pacifia; conduisit son bataillon à Paris, y fut incorporé et mis en place comme chef de bataillon, par le général Macdonald, dans la 14ᵉ demi-brigade de ligne; fit, sous les ordres de ce général, avec la seconde armée de réserve, les campagnes des Grisons, en 1800 et 1801. Fut envoyé en mission, à Paris, par le colonel Moreau, commandant le 14ᵉ; de Trente, en Italie, à Paris, et revint, trois mois après, rejoindre ce corps à Mézières; fut détaché à Givet, en 1802; passa en Belgique avec tout son corps, et tint garnison successivement à Namur, Liége et Maëstricht, où il demeura commandant le dépôt et le 3ᵉ bataillon, et en 1803, les deux premiers étant partis, sous les ordres du colonel Moreau, pour le camp de Boulogne.

Le chef de bataillon Ayral fut nommé major du 22ᵉ régiment de ligne, le 30 frimaire an 12, lors de la création de ce nouveau grade. Il alla le rejoindre au camp d'Ambleteuse, et fut envoyé par son nouveau colonel Schreiber, à

Calais, pour y commander le dépôt, et le 3ᵉ bataillon de ce régiment.

En 1804, il alla recevoir la décoration de la Légion-d'Honneur, au camp de Boulogne, et les drapeaux du régiment au couronnement de l'empereur Napoléon, à Paris, le 2 décembre suivant.

Il fut porté sur le tableau des officiers supérieurs destinés à devenir sous-inspecteurs aux revues; mais le chef de l'Etat le jugea trop jeune pour le placer dans la carrière administrative.

En 1805, il fut envoyé dans le département des Vosges, comme major de recrutement, et se signala par son intégrité inflexible.

Cette conduite consciencieuse, dans une occasion où, s'il eût voulu recevoir les offres des familles des riches conscrits, il eût pu s'enrichir, acheva la ruine de sa fortune. Deux faux amis l'avaient entraîné depuis deux ans à des opérations désastreuses; et 100,000 écus de dettes en étaient le fatal résultat.

Son bon colonel Schweiber, nommé gouverneur de Parme, avait cédé sa place à l'adjudant supérieur du palais, Clément, le plus cupide, le plus fastueux et le plus inclément des hommes. Le major Ayral s'étant refusé à prêter les mains aux projets concussionnaires de ce nouveau chef, se fit de lui un ennemi mortel.

Ayant appris à Épinal que le colonel Clément s'était cassé la cuisse au camp de Boulogne, et que le 22ᵉ régiment était à Anvers, il s'y rendit, en obtint le commandement provisoire, qui lui fut bientôt retiré, le colonel tout écloppé l'étant venu prendre pour lui-même. Ayral revint à Calais, et l'orage se forma sur sa tête par les intrigues du colonel, qui demanda la réforme de son major pour dettes. Il l'eût difficilement obtenue si l'empereur et le maréchal Berthier se fussent trouvés à Paris, et si lorsque le dépôt et le 3ᵉ bataillon se rendirent à Utrecht sous ses ordres, un duel entre le major Ayral et le chef de bataillon Dupuis n'eût été tourné contre lui à son désavantage aux yeux du ministre de la guerre provisoire, Dejean, qui le réforma le 19 avril 1806, comme on l'avait décidé, pour dettes et sans traitement jusqu'à ce qu'il les eût payées.

N'ayant pu obtenir aucune justice à Paris, Ayral réalisa ce qu'il put, se réconcilia avec sa mère, qui, en l'aidant de vingt-cinq louis, se fit autoriser à gérer ses affaires en son absence ainsi qu'à faire casser à sa volonté son illégal mariage avec sa cousine Lescases qu'il laissait en France retirée à Saint-Nicolas.

Appuyé des recommandations de la princesse Elisa, sœur de Napoléon et duchesse de Luques et de Piombino, Ayral se rendit à Naples où il arriva le 6 août, et réclama du service du roi Joseph Napoléon. Il n'en put obtenir, par les mêmes intrigues, mais le logement de son grade, la table à l'état-major de l'armée française et l'avantage de faire valoir ses fonds en trafiquant sur les biens domaniaux lui furent accordés et conseillés par les ministres du roi de Naples, Mathieu Dumas, Salicetti, etc. En quinze mois Ayral achetant et revendant les biens des couvents supprimés à des seigneurs et princes napolitains, gagna plus d'un million de ducats, et lorsqu'il partit, Joseph passant de Naples à la couronne d'Espagne, il était propriétaire de plus de soixante acquisitions devant encore un sixième de leur prix nominal d'adjudication au trésor s'élevant à cent onze mille ducats en numéraire.

L'avocat don Pietro Gugliehmo Diparillis ayant obtenu sa confiance, resta dépositaire des titres de propriété du major, de ses achats et de sa procuration générale ; il n'emporta de Naples que le peu d'argent nécessaire pour son voyage en France, et fut arrêté et emprisonné dans la citadelle d'Alexandrie, le 26 décembre 1807, par le général Despinois.

Accusé par le soupçonneux et méchant général de n'être

qu'un valet peut-être assassin, du major son maître, dont il aurait usurpé les qualités , le nom et revêtu l'uniforme, Ayral ne put réprimer un mouvement de colère et d'indignation, qui fut taxé de double crime. Six mois de clôture stricte dans la citadelle d'Alexandrie étaient près d'amener un jugement provoqué, bien injustement sans doute, par le cruel Despinois, mais dont les résultats pouvaient être incertains, déterminèrent le major à s'évader travesti en femme, le 12 juillet 1808, et à se rendre à Paris, où le ministre de la guerre lui refusa derechef la justice qu'il en avait espérée. Ayral passa peu après en Toscane et y servit la grande duchesse Élisa , sa généreuse protectrice, dans un poste plus lucratif et plus élevé que tous ceux qu'il avait occupés jusqu'alors.

En 1810, le maréchal Macdonald, duc de Tarente, ayant été nommé gouverneur de la Catalogne, employa Ayral comme vérificateur des domaines à Givone, et le général Baraguey-d'Hilliers y ajouta le grade de major de la garde nationale de ce même corégiment en activité contre les insurgés du pays ; fait prisonnier dans l'exercice de ses fonctions à Sanjordi, le 17 avril 1811, et dépouillé de tout son avoir, le major fut conduit à Tarragone, et y fit passer secrètement les plans des fortifications de cette ville, au général Suchet assiégeant cette ville, en lui indiquant les endroits faibles , et fut ensuite embarqué pour Mahon. La duchesse d'Orléans Penthièvre obtint son échange par sa bienveillante intervention, et le fit embarquer pour Alger, où pendant deux mois il attendit un parlementaire qui le reconduisit à son poste. En attendant, accueilli et défrayé par le consul général Dubois Thainville, ancien lieutenant-colonel des dragons, il fut admis dans toutes les maisons consulaires alliées de la France et dans une partie de chasse composée de vice-consuls français, danois, suédois et autres membres diplomatiques ; il poussa ses excursions et ses investigations jusques à Constantine; les chasseurs étaient au nombre de onze, escortés par autant de janissaires ou coulouglis à cheval, dont la présence écartait les populations de Kabyles s'enfuyant dans leur douairs à leur approche.

Le premier septembre 1811, Ayral et 70 autres militaires français prisonniers rendus revinrent en France sur un parlementaire commandé par le capitaine Schiaffieno, Génois.

Après un séjour de vingt-cinq jours au lazaret de Marseille, le major revint en Catalogne, et fut rétabli dans ses fonctions par le maréchal Macdonald.

Le général Decaen étant venu remplacer son protecteur, Ayral rentra dans sa patrie, et, le 13 juillet 1813, fut envoyé à l'armée de Vérone, commandée par le prince Eugène Beauharnais, vice-roi d'Italie.

Il y servit comme chef de parc d'artillerie dans la division du général Quesnel faisant partie du corps du général Verdier.

Blessé très grièvement et laissé cinq heures parmi les morts entre Wipach et Santa-Croce, en Illyrie, ayant le bras droit cassé, l'épaule démise, le nez partagé, un coup de lance au travers de l'aine gauche, le major Marie Ayral soigné par le docteur Pean, le plus expérimenté de Roveredo, et transporté à Vicence, y fut rétabli au bout de quarante-cinq jours, et, le bras en écharpe, vint rejoindre l'armée française sur les bords du Tagliamento. Le prince Eugène le décora de la couronne de fer, le 25 novembre 1813, à Codroipo; il avait été blessé le 3 octobre précédent.

La croix de l'Union lui ayant été donnée à Florence au nom de l'ex-roi de Hollande, Louis, duquel la princesse Élisa, sa sœur, se déclara le mandataire, Ayral recevait sa troisième décoration.

A St-Michel, St-Martin, près Veronète, à la Volta, sur le Mincio, à Lonato, il se distingua dans plusieurs combats. Lorsque le prince Eugène se retira à Munich en 1814, l'armée française fut ramenée en France par le général comte

Boursier, et de Milan à Gap, le major Ayral remplit les fonctions de commissaire des guerres de la division Quesnel
comme substitut du commissaire Boulogne, marchant avec
son chef à l'arrière-garde pour totaliser avec les chefs des
communes que l'armée avait traversées.

. Licencié à Marseille, Ayral n'accepta point le service qui
lui fut offert par le comte d'Artois et le duc d'Orléans qui
passèrent en cette ville, mais il fut acceuilli par la duchesse
d'Orléans, revenant de Minorque, et qu'il visita le premier
de tous les Français au lazareth, à sa venue de Mahon, sui-
vie de son chancelier Rosay de Folmon, de son aumônier
l'abbé Campredion et de sa maison de Minorque.

Parti pour Naples, Ayral y fut fait colonel le 26 janvier
1815, par le roi Murat, qu'il avait combattu l'année précé-
dente sur le Pô, fit la campagne d'Italie, comme commandant son quartier général, en reçut la décoration de la Fidélité
des deux Siciles, le 4 mai, deux jours après l'affaire de Ma-
cerato, le Waterloo de ces contrées, et demeura après le li-
cenciement dans Naples, s'occupant de ses biens jusques au
11 novembre 1818, qu'il revint en France après trente et
un ans cinq jours de services.

Ecroué par ses créanciers à Saint-Pélagie le 23 février
1820, et sa mère en son absence l'ayant rendu débiteur d'une
dette civile, Ayral ne fut libre que le 30 mai 1832, et se retira près de sa mère à Montauban.

Elle exigea qu'il s'agrégeât aux Bénédictins du Sacre
Spéco, à Subjala, diocèse de Tivoli, près Rome, pour l'exécution des engagements de son enfance. Ce qui fut effectué
le 30 décembre 1832 par les vœux envoyés au révérend père
Sébastiani, abbé de ce monastère des États du Saint Père.

Décédée à 94 ans le 11 décembre 1833, la mère du colonel Ayral lui laissa la moitié de ses biens, qu'il distribua à ses
créanciers, et environ deux mille quatre cents francs de pen-
sion viagère, avec lesquelles il vit en 1840 à Paris, après
soixante-onze ans d'aventureuses vicissitudes.